김창운 시조집

회심 回心

김창운 시조집

회심 回心

2022년 01월 05일 제 1판 인쇄 발행

지 은 이 ∣ 김창운
펴 낸 이 ∣ 박종래
펴 낸 곳 ∣ 도서출판 명성서림

등록번호 ∣ 301-2014-013
주   소 ∣ 04552 서울시 중구 삼일대로8길 17 3~4층(충무로 2가)
대표전화 ∣ 02)2277-2800
팩   스 ∣ 02)2277-8945
이 메 일 ∣ ms8944@chol.com

값 12,000원
ISBN 979-11-92075-25-9

김창운 시조집

회심 回心

도서
출판 **명성서림**

책을 펴내며

코로나 19로 어려운 시간을 보낸 한 해였고 개인적으로는 눈의 약시로 글을 쓰는데 어려움이 있었으며 기력이 떨어져 힘든 시간들을 보낸 한 해였습니다.

문풍지 찬바람 속에서도 창살 햇빛을 손바닥으로 받으며 이불을 박차고 힘차게 일어선 소년이었습니다.

습작의 시조를 내보이는 용기는 망설임이 많았으나 지인들의 북돋음과 격려가 큰 힘이 되었습니다.

정형시와 전통의 고유 우리 시조를 창작하여 자존감과 자긍심을 조금이나마 남기고 싶은 욕망이 있었던 것 같습니다.

흔쾌히 책 발간에 응해주신 도서출판 명성서림 박종래 대표님과 책을 예쁘게 만드는데 도움을 주신 이해경 사무총장님, 그리고 출판사 직원 분들께 감사드립니다. 특히 바쁘신 와중에서도 서평을 써주신 김민정 문학박사 시조시인 님께 지면을 통해 감사인사를 드립니다.

또한 제 글을 읽어 주고 관심 가져주신 독자 분들께도 감사드립니다.

글을 쓸 수 있는 용기가 다시 나오려는지는 모르겠으나 소리가 있고 손이 있는 한 동지섣달 세찬 북풍 찬바람에도 아침 창살 햇빛을 보며 희망을 꿈꾸던 그 시절처럼 용기를 내어보려 합니다.

  긴 시간 망설임에 햇빛을 본 『회심』 시조집이 반갑고 기쁜 마음으로 한 해를 정리하는 보람이었습니다.

  감사합니다.

                    2021.12 세모

                        동구릉 단풍 정경을 보면서

                            김 창 운

● 제1부 動

● 제2부 靜

● 제4부 如

제1부 動

회 심[*] 回心

한낮에 내 마음을 예쁘게 단장하고

강아지 꼬랑지에 다정히 눈길 주어

엊그제 미운 마음을 다소곳이 녹인다

———————————

*회심 : 불교용어 나쁜 데 빠져 있다가 착하고 바른길로 돌아온 마음

5월의 노래

연초록 산과 들을 살포시 눈에 넣어

산하를 담아 놓는다 그리고 생존한다

물오른 내 몸뚱이가 초록색을 닮고나

세 파 世波

실개천 잔물결에 먹구름 요란하고

재 넘어 소낙비는 한恨 세상 씻어낸다

포개진 굽은 골짜기 숨이 차서 멀고나

반야용선[*] 般若龍船

대해에 반야지혜 용선龍船을 띄워놓고

뒤엉킨 인연 따라 노 저어 풍랑 헤쳐

저편에 피안 낙원 길 회심回心 찾아 가누나

---

*반야용선 : 불교에서 차용한 무속 용어로 굿을 받은 망자가 좋은 곳으로 가기 위해 타고 간다는 배. 불교의 반야용선은 시바세계에서 피안의 극락 정토로 건거갈 때 타고 간다는 상상의 배이다.

모닥불 애증

미움도 어여쁨도 나이테로 둘러지고

실타래 얼키설키 엮어진 흔적들은

숨겨진 내 안 애증을 모닥불로 피운다

유 정 有情

청산이 담대하여 흩날려 씨 뿌리고

창천이 장대하여 소담히 꽃 피우며

아울러 얽히고설켜 파란세정*波瀾細情 엮인다

---

*파란 : 잔물결과 큰물결
세정 : 세세히 맺힌 정

자운영

다가와 함께했던 스쳐 간 깃털 바람

나비 채 밀짚모자 해맑은 그리움에

포근한 자운영 이불 순결 바람 그립다

술

혓바닥 기관지를 내리니 광야로고

현실 속 세상사가 내 안에 놀아나네

우정도 삶의 의미도 살판나는 난장*亂場 일세

---

*난장 : 여러 사람이 어지러이 뒤썩여 떠들어 대거나 뒤엉켜 뒤죽박죽이 된 곳,
또는 그런 상태

행 복

살얼음 걸어가는 발자국 숱한 사연

혹시나 들어내는 실개천 은하수를

내 안에 흐르고 흘러 담아내는 오붓함

상 처

남들을 미워하면 내 마음 미워지고

저쪽이 미워지면 이쪽이 미워진다

내 몸이 겹질려지면 허공 우주 헤어진다

해 갈

굳어진 뿌리까지 스며든 사랑 노래

미움이 딱딱해진 따뜻한 옛정 사연

원망도 부드러워야 사랑 키워 살갑다

여 정 旅程

내 안에 꽉 차 있는 오욕의 빨간 신호

무수한 순백 혼을 앗아간 삶들이여

물방울 웅덩이 되어 가는 길을 멈춘다

하늘을 닮고 싶다

새까만 먹구름이 세차게 달려들 때

언제나 그랬듯이 무지개 드리운다

고요를 되찾는 하늘 천둥 · 번개 닮는다

희 망

찬란한 쪽빛 바다 고요히 눈부시고

엊저녁 천둥 · 번개 먹구름 걷어간다

하늘에 찬란히 연한 무지개를 닮으리

낙 과

시들어 익어가는 푸석한 얼굴들

한때는 새빨갛게 열정을 품었었다

그 시절 텅 빈 마음을 찬 서리에 담는다

분 노

하늘이 산산조각 벼락을 피해간다

쉼 없이 흔들려도 고요를 숨기고서

마음에 고이 물들인 솜털 구름 세기리

들녘 약속

휘감아 소스라친 황홀한 변덕으로

무성한 풍년 들녘 폭염에 쉬 빛바래

예약된 긴 기다림이 소슬바람 부르오

사 랑

떠나간 그리움이 가슴 첩첩 쌓이고

미로 속 찾아 헤맨 숨겨진 나날들을

외로운 일엽편주에 마음 담아 띄운다

매미의 일생

캄캄한 어둠 속에 팔 년을 꿈꾸어 온

찬란한 한 주일을 환희로 애무하며

정염을 울어 태우며 회귀하는 생이여

촛 불

하나가 타오르는 외로운 밝힘이여

온천지 바다 이룬 도도한 물결파도

타오른 함성 천지를 아우르는 외침들

할머니

한 많고 정 많았던 당신의 품 안 내음

세월에 잊혀 가는 화롯불 잉걸불에

애타는 시퍼런 슬픔 그리움을 부순다

자존심

식당에 들어가서 메뉴판 살펴보며

주머니 가벼움에 눈치껏 유구무언

열 오른 마음 숨기고 거꾸로 선 차림표

제2부 靜

인생 오판

일월은 영구하고 생사는 순간인데

뜬구름 인생사를 일월에 담아두니

아이야 고해 험로를 어찌하며 걸을까

김창운 시조집
회심 回心

연 륜 年輪

육신이 자꾸자꾸 옹이 져 낯이 설고

마음이 비바람에 춤을 춰 죽어간다

하루가 겹겹이쌓여 화석처럼 굳는다

어머니

뜨거운 방랑자는 광풍이 불어와도

당신이 따사하여 눈멀고 험한 길을

내음이 길잡이 되어 휘어져도 걷는다

김창훈 시조집
회심 回心

그리움

실개천 물 틈 사이 쪼개진 긴 시간들

그리움 쥐어짜서 애상을 쓸어 담아

흘러온 망망대해에 일엽편주 띄운다

부처님 오신 날

해탈의 팔만장경 내 자아 비춰주고

법선法船을 저어가는 피안의 중생이여

혹세의 세속인파에 지친 발을 씻는다

익숙한 사랑

오래된 묵은 세월 생채기 설렘으로

온몸을 부딪쳐서 따사한 눈빛 주어

색 바랜 먼 길 온 사랑 가슴으로 안으리

미 혹

세상사 애증으로 쌓아진 세월에서

마음에 가두어 둔 증오가 사랑 덮어

늙은이 탐욕 · 오욕 길 미로에서 헤맨다

이 슬

어둠 속 햇살받아 입 맞춘 흔적 없고

찬 공기 짧은 날을 힘겹게 다독인다

영롱한 눈물 이별을 독백으로 쓰노라

나

거울 속 뜬금없는 모습이 누구던가

변하는 표정 행동 선악을 넘나드니

생소한 허상 얼굴에 회한 한숨짓는다

격정

하늘로 발광하는 내 안의 목소리들

격하게 구름 하늘 떠안고 요동칠 때

섣부른 절규일지언정 가슴 풀고 내친다

꿈꾸는 화석

돌처럼 굳어버린 내 꿈의 전설이여

숨 쉬는 내 영혼을 끌어낸 생명체여

무심한 천년 세월에 꿈틀거려 열린다

김창윤 시조집
화심 回心

문고리가 안 보여

기린은 하늘 찾아 긴 목을 뽑아내고

항아리 신김치는 긴 세월 숨 쉬는데

코끼리 발 기둥만을 만져보는 허상들

인 仁

사람이 둘이 모여 부딪쳐 긁혀가며

생채기 불꽃 이는 욕망을 잠재운다

아성我相을 녹여 이겨 내 사람 갈길 밝힌다

일원一圓 노래

찬란한 햇살 타고 하나 된 기상 함성

부르자 일심 모은 열리는 보은 노래

온 세상 메아리치는 일원 진리 노래여

봄의 기약

만 생령 품어 안은 찬바람 맨땅 들녘

개구리 기지개에 얼음장 깨어지고

연푸른 새 생명 건져 세세생생[*]世世生生 열리리

---

*세세생생 : 몇 번이든지 다시 환생하는 일, 또는 그런 때

불 토[*] 佛土

고요한 아침 어둠 산사의 목탁 소리

우담화 속살 담은 중생의 새벽 염불

낙원의 서원을 담아 백팔번뇌 녹인다

---

*불토 : 부처가 사는 극락. 또는 부처가 교화한 땅

기 원

기리는 곳곳마다 고요한 불토 성지

합장한 지극 정성 청아한 목탁소리

세간사*世間事 서원 성취를 촛불 밝혀 꿈꾼다

---

*세간사 1. 사람들이 살고 있는 사회 또는 사회적 활동을 하는 영역
　　　 2. 중생이 사는 세상

열 반

진리는 불생불멸 광대한 세세 인연

일월은 영원하고 생과 사 분별없다

지중한 영겁의 세월 은현자재* 隱現自在 귀의처

구진포[*]

굽이쳐 아홉 구비 훈풍을 싣고 와서

절벽의 아망 바위[*] 신비를 감춰둔다

무심한 세세 사연을 천년 세월 품는다

---

*구진포 : 나주 영산포와 다시 중간에 있는 지명 2천 년 초기만 해도 장어요리로 유명함

*아망 바위 : 영산포 포구에서 구진포 쪽 2km 지점에 있는 영산강변 언덕 바위 이름

손 자

만나면 향기 좋아 정겨워 안아 든다

못 보면 초롱 눈빛 선하여 애틋하다

이제야 무한 행복을 날아갈 듯 줍는다

미 몽

언제나 끝나는지 모르는 몽롱한 길

당신의 품 그리워 들 날숨 가삐 쉰다

새 아침 절망을 접고 진한 한숨 토한다

은하수

하늘을 움직이는 별 떼들 깜깜하여

눈감고 별을 찾아 물속에 잠겨두고

기다려 떨어진 별들 주워 담아 밝힌다

제3부 一

가 족

너무나 뜨거워서 서로가 상처 주고 받고

꽃향기 안아주어 따사한 숨도 쉰다

장미를 나누어주고 손안에 쥔 한 송이

시린 마음

확연한 발자국에 눈 시려 햇빛 들고

허전한 외로움에 메마른 힘 얻는다

어둠에 모닥불 피워 언 마음을 녹인다

외눈 인생

희망이 널브러진 새까만 길목에서

세상을 외눈으로 반쪽을 갈라 치며

풍랑 속 일엽편주에 이 몸 실어 맡겼다

추 억

구름이 가리어도 그달이 그달인데

세파에 옥죄이며 그달을 그리노라

그리운 하얀 그달을 책시렁에 재운다

안개꽃 염원

이 몸이 내던져진 세상은 어두웠다

살아온 발자취는 진흙탕 절규였고

안개꽃 간절한 염원 기대어서 사노라

인생 유전

세월에 유전되어 눈보라 헤치면서

부평초 연꽃 되어 살리라 다짐하며

한 세상 이런저런 일 겪어 내며 흘렀다

외로움

새들도 남쪽 가지 골라서 앉건마는

동짓달 문풍지 틈새 바람 차디찬 방

조각난 사념 주워 모아 구절구절 엮는다

김정운 시조집
회심 回心

잠 안 오는 밤

밤마다 바라보는 화병 꽃 하사하여

조로에 지난 세월 실수로 물 뿌린다

숨겨 논 옛 풋사랑을 펼쳐 보는 이 한밤

은혜

말없이 손 내미는 들판의 결실이여

가없이 내 몸 던진 태초의 영혼이여

삼세의 업장*業障 윤회*輪廻와

사생육도*四生六道 진리여!

---

*업장 : 삼장(三障)의 하나. 말, 동작 또는 마음으로 지은 악업에 의한 장애를 이른다

*윤회 : 수레바퀴가 끊임없이 구르는 것과 같이, 중생이 번뇌와 업에 의하여 삼계
　　　육도(三界六道)의 생사 세계

*사생육도 : 육도에서의 네 가지 생. 태생, 난생, 습생, 화생이다

동구릉의 입춘

잔가지 소나무가 연푸른 숨을 쉬고

실개천 송사리가 살얼음 헤엄친다

능침 속 진토 된 육신 춘설 화색 알거나

아 내

지구는 자전이지 그 누가 못 돌리오

세상은 함께 가며 사연을 이룬다오

당신의 닫혀진 방은 밝은 세상 가두오

호박죽

걸쭉한 노란 반죽 색깔이 곱디곱고

허접한 건강 살펴 입안에 넘실대며

식은땀 가져간다며

호박 향내 퍼진다

산수유

찬바람 막아서지 못하고 움찔대며

가쁜 숨 몰아쉬는 물오른 희망이여

노오란 속살 드러낸 속 깊은 여인이여

행 로

늘 푸른 높은 하늘 감춰진 마음 잃고

풍랑에 휩쓸려간 육체는 갈길 잃어

희뿌연 세상만사를 지친 몸에 포갠다

단 절

이야기할 수 있는 세월이 그리워서

아랫목 사연들이 정겨워 애태우며

눈물로 어두운 밤을 지새우며 그린다

산딸기

수줍어 젖가슴을 살포시 감추는 듯

이파리 뒤에 숨어 용태를 들어내고

요염한 물오른 자태 터질 듯 입술이 빨갛다

기차역

울컥한 사랑으로 목메어 부르던 날

내 눈에 네가 들어와 수줍은 상흔 남긴

잔사랑 내 안 깊숙이 파고드는 이별아

긴 밤

세상이 고요하여 멈춰 선 삼라만상

지나온 세월 궤적 되돌려 한숨짓고

통한의 눈물지으며 뒤척이는 이 한밤

희 망

새 하얀 기억들을 절벽에 세워놓고

절박한 심정으로 칠흑 길 더듬어서

틈새로 새어 나오는 작은 별을 찾는다

김창훈 시조집
회심 回心

눈 오는 날

햇볕에 몸을 담가 순백의 은빛 세상

마음에 비친 소녀 여리게 새파랗다

못 볼까 마음 조이며 하얀 미소 보낸다

파 도

간간이 진지에서 조준해 보낸 포말

시퍼런 해안선에 쓰라린 상처 입고

마지막 하얀 슬픔을 모래 위에 쏟는다

고향 가는 길

한여름 물꼬 소리 들으며 자란 이삭

들판은 옛것인데 사람은 눈에 설다

내 너를 가슴에 묻고 논두렁을 걷노라

제4부 **如**

시골 역

들판에 나락 이삭 누렇게 익어가는

풍요는 약속되는 미래가 아니었다

청초한 코스모스 역 망향 아픔 실었다

백 합

하얀 옷 눈이 부셔 속내를 멀리하여

캄캄한 어둠 속에 별 하나 숨겨두고

당신의 향기 묻어 둔 무덤 속을 찾으오

라일락 향기

잔물결 일렁이는 골목길 어귀에서

꽃향기 흔들거려 바람을 부른다오

온 사방 죽을힘 다해 달려 나온 그대여

5월 소녀

한산한 동네 어귀 한 자락 바람일 때

라일락 진한 향기 불현듯 파고들어

무심한 세월 속에서 이슬 소녀 보았네

대 밭

오롯이 쭉쭉 뻗어 몸통은 의연한데

세 가지 바람 불러 사아악 울어대고

대나무 선비 절개를 숲 이루어 숨긴다

허 기

덜 깬 잠 비벼대며 마루턱 걸터앉아

중천에 달려 나온 뙤약볕 배고픔에

홀연히 찬 보리밥을 물에 말아 넘기네

염 불

일마다 요란하고 생각이 어리석어

허다한 탐욕으로 찌들인 중생이여

그럴싸 아미타불로 아침 여는 시작 송頌

좌 선

아만심*我慢心 가득한 중생이 여기 있다

탐진치*貪瞋痴 지옥이고 비움은 극락인데

어느 때 청정일념을 가운데로 모을까

---

*아만심 : 사만의 하나 스스로를 높여서 잘난체하고, 남을 업신여기는 마음이다.

*탐진치 : 탐욕(貪欲)과 진에(瞋恚)와 우치(愚癡), 곧 탐내어 그칠 줄 모르는 욕심과
　　　　　노여움과 어리석음. 이 세 가지 번뇌는 열반에 이르는 데 장애가 되므로
　　　　　삼독(三毒)이라 함.

연 꽃

꽃 자태 신비로운 고갯짓 흔들림에

봉오리 탐스러워 손 탈까 마음 조여

한나절 절 그림자 새겨 다소곳이 품는다

흰 연꽃

소복한 여인네가 숨죽여 그리는 임

연못에 핏기 없는 사연을 가슴에 담아

물속에 타오른 정염 별 하나에 담는다

쑥

이른 봄 할머니가 들고 온 쑥 향기는

쑥국에 입맛 다셔 봄맛을 일구었다

가신 분 향기 그리워 쑥을 찾아 나선다

코로나19

죽일 놈 여기 있고 살릴 놈 저기 있어

어쩌다 바이러스 공포에 떨고 있는가

코로나 배양 살려서 죽일 놈들 죽인다

무 정

못 다 핀 꽃일망정 임 찾아 기다리며

한여름 사랑 담아 정열을 담았는데

활짝 핀 꽃만 찾아서 총총 가는 그대여

연 정

못다 핀 꽃망울을 바라본 가슴앓이

내일은 활짝 필까 맘 조여 그려보며

긴긴밤 꽃피는 미망迷妄 하얀 밤을 지샌다

깜깜한 세상에 잠들다

눈 속에 너를 가둬 세상을 보려는데

시력은 혼미해져 네 모습 멀어졌고

멀쩡한 육신 해체를 통곡으로 듣는다

무명 연꽃

봉오리 오롯하여 창백한 민낯 꽃잎

세속을 포용하는 자비의 청초함은

무명의 깜깜한 밤을 혜안으로 밝힌다

찐빵과 만두

책가방 힘에 겨워 발길은 무거운데

가는 길 가로막는 냄새는 찐빵 만두

허기진 검정 교복은 내 청춘의 자화상

이 장

육골이 진토되어 세월을 낚아 오신

은덕의 정성 모아 흠모의 삽을 들어

유택을 새 단장하니 날갯짓하는 산새들

그때 그 사람

한 가닥 꽃바람이 옷깃을 스쳐 갈 때

남몰래 간직해온 그리움 밀려온다

꽃냄새 내 안 품속에 고이고이 품으리

우 정

깜깜한 어두운 방 우리는 한 몸 되어

세상을 건졌었고 우주를 가졌었다

그러던 세상과 우주 우리 곁을 떠났다

주경야독

천장 벽 형광등은 힘없이 졸고 있고

흑 칠판 깨알 문장 점자로 보이누나

뿌옇게 채색된 책은 청춘의 꿈 챙긴다

김창훈 시조집
회심 回心

전철역 형광등

어둠이 밑에 깔린 전철역 기적소리

그대의 지친 오늘 내일이 있을 거나

그나마 지친 너마저 쉬어가는 형광등

김창운 시조론

〈김창운 시조론〉

불교의 진리 속에서 찾는
사랑과 그리움의 시조

김민정(시조시인, 문학박사)

김창운의 시조집 『회심回心』에 나타나는 특징을 세 가지 정도로 분류해 보고자 한다.

이 시조집에는 단시조만 88편이 실려 있다. 모든 작품이 세 가지 특징 속에 포함되는 것은 아니지만, 크게 눈에 띄는 특징으로 분류하고자 한다.

첫째는 자신의 마음을 다잡으며 불심의 마음으로 착하게 살려 노력하는 삶의 자세를 노래하는 작품이다. 이 시조집 속에는 이러한 작품이 반 이상을 차지하고 있다. 지난 날에 대한 반성과 성찰, 그리고 현실을 겸손히 받아들이려는 자세 가운데는 불심이 깊이 자리하고 있는 것이다.

둘째는 가족과 주변에 대한 사랑의 감정을 노래하고 있는 작품이다. 어머니, 손자, 나, 아내, 옛사랑과 고향,

과거 등에 관한 그리움이 들어 있는 작품들이다. 셋째는
긍정적인 삶의 자세로 주변 사물에 대한 노래하는 작품
이다.

1. 자신의 마음을 다스리는 불심의 노래

한낮에 내 마음을 예쁘게 단장하고
강아지 꼬랑지에 다정히 눈길 주어
엊그제 미운 마음을 다소곳이 녹인다.

*회심 : 불교용어 나쁜 데 빠져 있다가 착하고 바른길로 돌아온
마음

– 「회심」 전문

제목처럼 이 작품은 엊그제 미워했던 강아지를 마음을
예쁘게 단장하고, 그 강아지를 사랑하는 마음으로 다정한
눈길을 준다고 한다. '엊그네 미운 마음을 다소곳이
녹인다'고 하니 차갑고 냉랭했던 마음 녹았음을 알
수 있다. 회심이란 주처럼 '나쁜데 빠져 있다가 착하고
바른길로 돌아온 마음'이라고 한다. 사랑과 미움의 감정이
마음먹기에 달려있다는 깨달음을 얻었으니 실로 큰

깨달음을 얻은 셈이다. 그 마음으로 모든 인간과 동물과 사물을 대한다면 먼저 그렇게 마음을 가진 사람이 행복해질 것이다. 그 마음이 꾸준하다면, 늘 행복할 것이다. 아래의 작품도 그런 맥락으로 읽힌다.

> 아만심我慢心 가득한
> 중생이 여기 있다.
> 탐진치貪瞋痴 지옥이고
> 비움은 극락인데
> 어느 때 청정일념을
> 가운데로 모을까.

*아만심 : 사만의 하나 스스로를 높여서 잘난체하고, 남을 업신여기는 마음이다.

*탐진치 : 탐욕(貪欲)과 진에(瞋恚)와 우치(愚癡), 곧 탐내어 그칠 줄 모르는 욕심과 노여움과 어리석음. 이 세 가지 번뇌는 열반에 이르는 데 장애가 되므로 삼독(三毒)이라 함.

– 「좌선」 전문

이 작품도 자신의 욕심을 반성하는 작품이며 불교 색채가 짙은 작품이다. 자신에 대한 자만심이 가득하여 내가 잘났다고 생각하여 남을 보잘 것 없다고 업신여기는 마음이다. 탐진치, 즉 탐욕과 분노와 어리석음에서 벗어나고, 그것을 마음으로 비울 때는 극락이 될 수 있는데, 그것을 실천하지 못하며 살고 있음을 화자는 깨닫고 있다. 그 탐욕과 분노와 어리석음을 내려놓고 비워 '어느 때 청정일념을 한 가운데로 모을까'라며 마음을 비울 수 있기를 마음속으로 염원하고 있다. 알면서도 실천하지 못하고 살아가는 것이 우리네 보통 사람들의 삶이다. 그러나 자주 이러한 생각을 하고 반성하며 좌선 하다보면 욕심과 분노와 어리석음을 조금은 덜 수 있지 않을까 생각해 본다.

> 내 안에 꼭 차 있는
> 오욕의 빨간 신호
> 무수한 순백 혼을
> 앗아간 삶들이여
> 물방울 웅덩이 되어
> 가는 길을 멈춘다.

>   ―「여정旅程」 전문

이 시조의 화자는 자신의 삶이 '오욕의 빨간 신호'라고 생각하고 있다. 무수한 순백한 혼들을 앗아간 그런 삶이라고 생각한다. 교직에 있으면서 제2세 교육을 위해 헌신해 온 자신의 삶이지만 자신이 너무 과욕을 부리며 살았던 것은 아닌가를 반성하고 있는 듯하다. 주변에서 보면 그리 욕심을 내며 살아온 삶도 아닐 것 같은데, 시인 자신은 그렇게 생각하는 것일까? 제3자의 입장에서 그 사람의 생을 전부 들여다 볼 수는 없다. 직장에서 승진하기 위하여, 타인의 마음을 아프게 했던 것을 반성할 수도 있고, 또 좀 더 진솔하게 살지 못한 삶에 대한 반성일 수도 있다. 종장에서는 그러한 작은 오점들인 물방울이 모여 물웅덩이가 되었다는 뜻으로 가던 길을 계속 가지 못하고 멈춘다고 한다. 더 많은 큰 잘못을 하고도 반성조차 하지 않는 사람이 많은데, 시인의 이러한 태도는 윤동주의 서시를 생각나게 한다. '죽는 날까지 한 점 부끄럼 없기를 바라던' 그 마음은 아닐까?

고요한 아침 어둠
산사의 목탁 소리
우담화 속살 담은
중생의 새벽 염불
낙원의 서원을 담아

백팔번뇌 녹인다.

– 「불토佛土」전문

　불토란 부처가 사는 극락, 또는 부처가 교화한 땅을
말한다. 불국토란 말을 쓰기도 한다. 고요한 산사의
아침에서 화자는 불토를 느끼고 있다. 고요한 목탁소리
속에서 중생들은 진지하게 서원을 올리며 백팔번뇌를
녹이고 있다. 우담화는 3천 년 만에 한 번 꽃이 피는
신령스러운 꽃으로 우담바라라고 하기도 한다. 불교 경전에
보이는 상상의 꽃이다. 매우 드물고 희귀하다는 비유
또는 구원의 뜻으로 여러 불경에서 자주 쓰인다. 불경에
의하면, 인도에 그 나무는 있지만 꽃이 없고, 여래가
세상에 태어날 때 꽃이 피며, 전륜성왕이 나타날 때면 그
복덕으로 말미암아 감득해서 꽃이 핀다고 하였다. 때문에
이 꽃이 사람의 눈에 띄는 것은 상서로운 징조라 하였다.
6행으로 배열하되 배열을 특색있게 하고 있다. 인간의
세계와 불토의 세계를 나누기라도 하듯이 배열하고 있다.
초·중·종장 앞 두 음절은 인간의 세계이고, 초·중·종장
뒤 두 음절은 불토의 세계인 듯한 느낌을 주고 있다. 모든
번뇌가 녹아없어진 평화로운 세계는 누구나 염원하는
세계일 것이다. 생각만 해도 행복한 곳이다.

찬란한 햇살 타고 하나 된 기상 함성
부르자 일심 모은 열리는 보은 노래
온 세상 메아리치는 일원 진리 노래여.

－「일원—圓 노래」전문

이 작품도 불토와 비슷한 느낌을 주는 작품이다.
일원—圓 이란 둥근원이다. 중생이 본디부터 갖추고 있는
깨달음의 모습을 상징하기 위해 그리는 둥근 꼴의 그림을
일원상이라고 한다. 세상이 모나지 않고 각지지 않고
하나의 큰 원처럼 둥근 것을 추구하는 것이 또한 부처의
세계, 불교에서 추구하는 세계일 것이다. 그러한 일원의
세계를 추구하고자 부르는 노래를 찬양하고 있다. 「일원
노래」란 기독교의 찬송가 같은 노래라고 볼 수 있다.
불토의 세계로 하나된 세상을 바라며 부르는 노래 그
노래가 온 세상에 메아리침을 찬양하고 있어 불심을 깊게
드러낸 작품이다.

봉오리 오롯하여 창백한 민낯 꽃잎
세속을 포용하는 자비의 청초함은
무명의 깜깜한 밤을 혜안으로 밝힌다.

－「무명 연꽃」전문

이 작품은 불교에서 대표하는 연꽃이 무명을 밝히는 꽃이라며 찬양하고 있다. 진흙탕에서 피어나면서도 청초함을 잃지 않고 핀다는 것에서 순결, 또는 군자를 상징하기도 한다. 현실의 어려움 속에서도 그것을 극복 하는 꽃으로 부처가 이 꽃을 들어보이자 가섭이 미소 로써 답했다는 것에서 마음과 마음으로 서로 뜻이 통한 다는 이심전심이란 말도 생겨났던 것이다. 이러한 모습을 이 시조의 중장에서 '세속을 포용하는 자비의 청초함' 이라고 표현하였고, 종장에선 '무명의 깜깜한 밤을 혜안으로 밝힌다.'며 연꽃을 찬양한다. 이 때의 무명無明이란 잘못된 의견이나 집착 때문에 진리를 깨닫지 못하는 마음 상태를 이르는 것이다. 무명은 모든 번뇌의 근원이 되는 것인데, 이러한 무명을 연꽃이 밝힌다고 하니, 얼마나 아름다운 연꽃일까. 곧 연꽃이 어둠을 깨치게 하는, 진리를 느끼게 하는 꽃이라는 의미이다.

2. 가족과 주변에 대한 사랑과 그리움의 노래

실개천 물 틈 사이 쪼개진 긴 시간들
그리움 쥐어짜서 애상을 쓸어 담아

흘러온 망망대해에 일엽편주 띄운다

– 「그리움」 전문

화자는 살아온 날들을 마치 '실개천 물 틈 사이 쪼개진 긴 시간들'처럼 느끼고 있다. 어느 순간 인생을 돌아보며 그 잘게 쪼개지고 바빴던 시간들, 그들 사이에서 쥐어짜듯 떠올리는 그리움 한 올. '그리움을 쥐어짜서 애상을 쓸어 담아'란의 애상은 '애상愛想'으로 보아야 할 듯하다. 좋아하는 사람이나 사물에 애착하는 마음을 쓸어 담는다는 뜻으로 보인다.

실개천에서 시작하여 바다에 닿는 동안 그 작은 가닥 가닥 많았던 기억 속에서 잊히지 않는 그리운 기억들을 추억하고 있다. 넓은 바다에 홀로 떠 있는 듯한 외로움 속에 추억의 배를 띄운다는 뜻이다. 망망대해의 일엽 편주처럼 작은 그리움일지라도 그런 것이 있어서 인생은 살만하지 않을까? 나이 들어 추억하고 그리워 할 작은 무엇라도 있다면 외로움에서 조금은 벗어날 수 있을 것이다. 인생을 돌아보게 하는 작품으로 읽힌다.

거울 속 뜬금없는
모습이 누구던가
변하는 표정 행동
선악을 넘나더니
생소한 허상 얼굴에
회한 한숨 짓는다.

－「나」전문

거울 속의 자신을 들여다보며 자신을 관찰하는 작품 이다. '거울 속 뜬금없는 / 모습이 누구던가 / 변하는 표정 행동 / 선악을 넘나더니 / 생소한 허상 얼굴에 / 회한 한숨 짓는다.'고 한다. 거울을 들여다보며 나란 어떤 정체성을 지닌 인물인가 살피고 있다. 수시로 변화는 표정과 행동, 그것은 곧 선악을 넘나든다고 한다. 이상의 거울이란 작품도 생각나고, '지킬 박사와 하이드'란 소설을 생각나게 하는 대목이기도 한다. 인간존재의 이중성을 생각해 본다. 자신이 생각하는 나와 다른 모습으로 보이는 거울 속의 나, 늘 한결같은 일관성을 지니지 못하고 그때 그때마다 변하는 자신의 표정과 일관성 있게 행동하지 못한 자신에 대한 반성이라고도 볼 수 있다. 한 사람의 자아안에도 선과 악은 늘 공존

하고 있다. 자신의 이익을 위해 순간 순간 행동하는 것이 인간이기 때문에, 그것을 선으로 유지하기 위해서는 끊임없는 자기반성과 선하게 살려는 의지가 있어야 가능한 일이다. 착하게 살려는 의지와는 달리 욕심을 부리고 있는 자신의 모습, 비움이 좋은 것임을 알면서도 끊임없이 채우려는 욕심이 드는 자신의 모습을 허상이라 느끼고 한숨을 짓는다는 것이다. 진정한 자아를 찾아가는 과정으로 보이는 작품이다.

> 뜨거운 방랑자는 광풍이 불어와도
> 당신이 따사하여 눈멀고 험한 길을
> 내음이 길잡이 되어 휘어져도 걷는다.

– 「어머니」 전문

어머니가 있었기에 우리의 삶은 존재한다. 세상에 광풍이 있어도 견딜 수 있는 것은 늘 내게 따스한 등이 되어 주신 어머니라는 존재가 있기 때문임을 말하는 작품이다. 눈 멀고 험한 길도 어머니라는 길잡이, 나침판처럼 존재하는 어머니가 있었기에 휘어져도 계속 끝까지 걸을 수 있다는 것이다. 내 삶이 어려울 때 어머니만큼 위로가 되는 것이 세상에 또 있을까.

어머니란 그 얼마나 든든한 바람막이, 희망등대인
것인가. 어머니에 대한 감사와 사랑의 마음을 시인은
어머니 내음이 자신의 삶의 길잡이가 되었다고 표현하며
전하고 있다.

> 만나면 향기 좋아
> 정겨워 안아 든다
> 못 보면 초롱 눈빛
> 선하여 애틋하다
> 이제야 무한 행복을
> 날아갈 듯 줍는다.

> – 「손자」 전문

손자에 대한 사랑을 쓴 작품이다. 우리 속담에
내리사랑은 있어도 치사랑은 없다는 말이 있다. 그만큼
아랫사람에 대한 사랑이 더 짙다는 말이다. 어머니가
자식은 사랑하는 만큼, 자식을 어머니를 사랑하지
못한다는 말이다. 세상의 거의 모든 어머니들은 자신보다
자식들의 행복을 먼저 바라지만, 자식들은 그렇지 못하다는
말인 것이다. 손자사랑도 그렇지 않을까. 아기들에게서
나는 향기, 그것만으로도 귀엽고 사랑스러운데, 자신의

손자라면 얼마나 더 귀엽과 사랑스럽겠는가. 이 시조도
예외가 아니다. '만나면 향기 좋아/ 정겨워 안아 든다//
못 보면 초롱 눈빛/ 선하여 애틋하다// 이제야 무한
행복을/ 날아갈 듯 줍는다.' 손자에 대한 사랑은 아들에
대한 사랑과 또 다르다고 한다. 아들은 내가 책임지고
먹이고 입히며 키워야한다는 책임감과 의무감이 앞서지만,
손자는 그 책임감과 의무감에서는 한발 물러선 자리이고,
자신의 대를 이어갈 아이이고 보면 귀여워해 줄 수 밖에
없는 상황이다. 그래서 화자도 '무한 행복을 날아갈 듯
줍는다'고 한다. 손자를 보는 기쁜 마음이 잘 전달되고
있다.

이른 봄 할머니가 들고 온 쑥 향기는
쑥국에 입맛 다셔 봄맛을 일구었다
가신 분 향기 그리워 쑥을 찾아 나선다.

－「쑥」전문

이 작품은 소재는 쑥이지만, 그 속에는 할머니의
사랑에 대한 그리움이 있다. 지난 날 할머니가 들고
오셨던 쑥 향기, 그것으로 국을 끓여 먹으며 봄맛을

느꼈던 것이다. 화자는 할머니가 들고 오셨던 쑥 향기가 그리워 쑥을 찾아 나서고 있다. 추억 속의 할머니와 쑥 향기를 그리워하는 모습을 작품에 담고 있다. 향긋한 쑥의 향기를 그리워하는 화자의 마음속에는 할머니에 대한 그리움도 함께 묻어 있다. 어쩌면 쑥보다 더 그리운 할머니, 그 분의 향기가 그리워 쑥을 찾아 나선다고 한다. 할머니에 대한, 가족에 대한 애틋한 사랑이 담겨 있는 작품이다.

> 너무나 뜨거워서 상처도 주고 받고
> 꽃향기 안아주어 따사한 숨도 쉰다
> 장미를 나누어 주고 손안에 쥔 한 송이.
>
> – 「가족」 전문

가족이란 힘들고 험난한 이 세상을 살아갈 때 나의 울타리가 되어 주는 사람들이다. 가족이란 말보다 더 소중한 말이 있을까. 나와 함께 생활하는 나와 가장 가까운 살붙이들이 가족인 것이다. 물론 가족이라도 늘 함께 생활할 수는 없고, 떨어져 사는 가족도 있다. 가족은 나와 피를 나눈 부모, 자식, 형제자매, 그리고 아내와 남편인 것이다. 그들 사이에서 때로 상처도 주고 받겠지만

서로가 아끼고 따스한 정을 나누는 것이다. 그래서
'장미도 나누어 주고, 손안에 쥔 한 송이'라고 한다.
사랑을 주고 받는 소중한 존재임을 인식한 작품이다.

　　오래된 묵은 세월 생채기 설렘으로
　　온몸을 부딪쳐서 따사한 눈빛 주어
　　색 바랜 먼 길 온 사랑 가슴으로 안으리.

　　　　　　　　－「익숙한 사랑」 전문

　이것은 아내에 대한 사랑을 노래한 작품이라 생각된다.
무심코 하는 일상의 일들이 아내와 남편의 조금은
밋밋한 사랑이 아닐까. 서로에게 너무나 익숙해져서
설렘도 없고, 그냥 아무렇지도 않게 서로를 대하는 일상.
그 소소한 일들이 한 사람이 없게 되면 비로소 느끼게
되는 것이다.
　'오래된 묵은 세월 생채기 설렘으로'란 서로에게 준
생채기도 설렘이 된다는 뜻이다. 서로가 서로에게 기대면서
'온몸으로 부딪쳐서 따사한 눈빛 주어/ 색 바랜 먼 길 온
사랑 가슴으로 안으리.'라고 한다. 서로에게 서로에게 준
생채기들도 설렘이 되고 온몸으로 부딪치며 서로를 위로하는

따사한 눈빛도 주면서 먼 길을 함께 온 사랑, 이제 가슴으로 안겠다는 것이다. 아내에 대한 더 깊은 사랑으로 잔잔하게 가슴으로부터 우러나오는 사랑을 하겠다는 다짐의 사랑 노래이다.

이 외에도 「5월 소녀」 나 「그때 그 사람」 등도 과거에 만났던 사람들에 대한 사랑을 노래한 시조다.

3. 지난 날에 대한 그리움과 사물에 대한 사랑 노래

그의 작품 중에서 주변 사물에 대한 긍정적이고 희망을 노래한 작품을 살펴보자.

연초록 산과 들을 살포시 눈에 넣어
산하를 담아 놓는다 그리고 생존한다
물오른 내 몸뚱이가 초록색을 닮고나.

– 「5월의 노래」 전문

이 작품은 제목에서 알 수 있듯이 계절의 여왕이라 말하는 오월을 찬양하며 오월에 동화됨을 노래한다.

그 아름다운 오월을 '연초록 산과 들을 살포시 눈에 넣어 / 산하를 담아 놓는다 그리고 생존한다 / 물오른 내 몸뚱이가 초록색을 닮고나.'라며 자신의 몸뚱이가 마치 오월처럼 물오른다고, 초록색을 닮는다고 한다.

자신이 오월처럼 물오르고, 초록으로 변해간다는 표현 속에는 화자의 오월을 바라보는 아름다움과 기쁨이 충만함을 나타낸다. 싱싱하게 물오르는 그 아름다운 초록을 내 몸이 닮아간다니 얼마나 싱그러운가. 마치 푸른 오월을 펄펄 날고 있는 듯한 화자, 오월의 아름다움을 만끽하고 그 오월에 동화되어 마침내 오월과 하나가 되는 화자를 만난다.

다가와 함께했던 스쳐 간 깃털 바람
나비 채 밀짚모자 해맑은 그리움에
포근한 자운영 이불 순결 바람 그립다.

– 「자운영」 전문

아름답고 부드러운 자운영의 모습을 묘사한 작품이다. 자운영의 모습을 '스쳐간 깃털 바람'으로 표현하고 있다. 보라색 예쁜 꽃빛이 얼굴을 금방이라도 스쳐갈 듯한 표현 이다. 그리고 자운영의 모습에서 나비 채 밀짚모자란 나비채 처럼 생긴 밀짚모자를 말하는 듯 하다. '해맑은 그리움'이란 표현에서는 해맑게 생긴 자운영을 연상시키며 그리움처럼 때묻지 않은 순순함, 해맑음을 느끼게 한다. '포근한 자운영 이불'이란 표현은 자운영이 떼지어 피어있는 분홍과 연보 라가 어우러진 아름다운 모습을 이불을 펼쳐놓은 듯 아름 다워 표현한 듯 하다. 따스한 느낌을 주며 또한 '순결 바람'이란 어휘 때문에 더욱 청초한 느낌이 든다. 여기에 쓰인 어휘 '깃털 바람' '순결 바람' 등은 시인이 창조해낸 새로운 어휘라 생각된다.

찬바람도 막지 못한 움찔대는 봄소식
가쁜 숨 몰아쉬는 물오른 희망이여
노랗게 드러낸 속살, 너 어여쁜 여인아.

– 「산수유」 전문

이른 봄 꽃샘추위 속에서도 그것을 물리치고 이겨내며 꽃망울을 맺고 마침내 꽃을 피우는 산수유를 노래한 작품 이다. 눈 속에 피는 매화가 봄을 알리면

산수유도 질세라 열심히 피어 3월의 산자락을 노랗게
노랗게 물들인다. 잎도 피기 전에 꽃부터 피우는 봄꽃,
봄의 전령사다. 그래서 '찬바람도 막지 못한 움찔대는
봄소식'이며 '가쁜 숨 몰아쉬는 물오른 희망'이기도 하다.
아무리 추워도 봄은 오고 꽃이 핀다. 그러한 봄꽃을
보면서 인간도 어려움을 이겨낼 수 있다는 희망을 갖게
된다. 찬바람도 꽃 피려는 의지를 막지 못한다. 그러한
의지로 핀 꽃을 노오란 속살 드러낸 어여쁜 여인으로
표현하고 있다. 이른 봄의 아름다운 산수유에 대한 어여쁜
표현이다.

수줍어 젖가슴을 살포시 감추는 듯
이파리 뒤에 숨어 모습을 드러내는
요염히 물오른 자태 터질 듯한 붉은 입술

– 「산딸기」 전문

붉고 탐스러운 산딸기의 모습을 표현하고 있다. 요즘은
힘들겠지만, 어렸을 때 시골 아이들의 간식거리기도 했던
산딸기다. 수풀 속에 숨어 있는 산딸기, 잎 뒤에 수줍은
듯 숨어있는 탱탱한 딸기의 모습을 '요염히 물오른 자태

터질 듯한 붉은 입술'로 표현하고 있다. 잎 뒤에 숨은 먹음직스러운 딸기의 모습을 미인의 입술처럼 표현하고 있다.

  돌처럼 굳어버린 내 꿈의 전설이여
  숨 쉬는 내 영혼을 끌어낸 생명체여
  무심한 천년 세월에 꿈틀거려 열린다.

            – 「꿈꾸는 화석」 전문

  이 작품은 돌처럼 굳어버린 꿈의 전설을 다시 숨 쉬게 하고 영혼을 끌어내어 생명체로 꿈틀거려 열리게 하는 것에 대해 감격하고 있다. 시인에게 꿈을 꾸게 하는 것은 시조일 것이다. 그래서 화석처럼 굳었던 몸과 영혼이 풀려 다시 꿈을 꾸는 것이다. 좋은 작품을 쓰고 싶은 꿈, 한 작품이라도 사람들에게 널리 사랑받을 수 있는 그런 작품을 쓰고 싶은 꿈이 아닐까? 뒤늦게 시조에 도전하고 있는 자신을 화석처럼 굳어 있지만 꿈을 꾸고 있다는 자신의 모습에 대한 겸허한 자세라고 볼 수 있다.
  「주경야독」이나 「찐빵과 교복」에서도 가난하고 힘들게 공부하던 시절, 그 청춘의 추억이 들어 있고, 그것을

그리워하는 화자의 마음이 나타난다. 그런가 하면
「촛불」이나 「문고리가 안 보여」 등에서는 현실에 대한
비판의식 등이 나타나기도 하고, 「긴 밤」 등에서는 자신
의 삶에 대한 회오와 반성이 들어 있기도 하다.

　김창운의 이번 시조집 『회심回心』은 불교적인 색채가
깊은 작품이 많다. 자신을 돌아보고 반성하며 불교의
진리 속에서 마음의 안식을 찾고 싶어하는 불교에의 귀의
의식이 짙다고 볼 수 있다. 또한 가족에 대한 사랑이
여러 작품이 나타나기도 하고, 주변의 꽃이나 사물에
대한 사랑과 그리움을 노래하고 있다. 전반적으로 겸손과
사랑이 바탕이 되고 있는 시조집이다. 시조집 발간을
축하드리며 앞으로 좋은 작품을 많이 창작 하시기를
진심으로 기원한다.